阳光文库

静 谧

王怀凌 —— 著

黄河出版传媒集团
阳 光 出 版 社

图书在版编目（CIP）数据

静谧 / 王怀凌著. -- 银川：阳光出版社, 2019.12
（阳光文库）
ISBN 978-7-5525-5174-7

Ⅰ.①静… Ⅱ.①王… Ⅲ.①诗集－中国－当代
Ⅳ.①I227

中国版本图书馆CIP数据核字(2019)第279306号

静谧   王怀凌 著

责任编辑　谢　瑞
封面设计　晨　皓
责任印制　岳建宁

黄河出版传媒集团　阳光出版社　出版发行

出 版 人　薛文斌
地　　址　宁夏银川市北京东路139号出版大厦（750001）
网　　址　http://www.ygchbs.com
网上书店　http://shop129132959.taobao.com
电子信箱　yangguangchubanshe@163.com
邮购电话　0951－5014139
经　　销　全国新华书店
印刷装订　宁夏凤鸣彩印广告有限公司
印刷委托书号　（宁）0016044

开　　本　720mm×980mm　1/16
印　　张　14
字　　数　100千字
版　　次　2019年12月第1版
印　　次　2020年1月第1次印刷
书　　号　ISBN 978-7-5525-5174-7
定　　价　36.00元

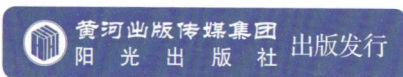

目录/CONTENTS

第三辑·暮晚（夕光）

第五辑 · 节气

（带★篇目为朗读篇目）

第一辑

弯腰记

静　谧

鸡叫头遍，草尖上的露珠醒了

鸡叫两遍，犍牛脖子上的铃铛醒了

鸡叫三遍，门轴醒了

随之醒来的是父亲的咳嗽声，母亲拉动风箱的声音

狗咬的声音、羊咩的声音、孩子哭闹的声音

麻雀们叽叽喳喳晨读的声音

喜鹊在枝头歌唱生活的声音

一缕缕炊烟升起，把隔夜的寒气驱散

晚起的太阳从雾霭中悄悄地探出了红脸膛

整个山村就像一锅开始沸腾的水——

当我写下以上句子

我就在老屋的台阶上静静地坐着

从后半夜开始，我一个人在空旷的院子里

承受着无边的黑夜和寂静

清冷的月光，全然不顾我此刻的忧伤

没有鸡叫、没有牛铃、没有咳嗽、也没有……

太阳照常从云层中升起

麻雀依旧在晨读

喜鹊依旧在歌唱生活

除此之外，山村的早晨是那么静谧！

——我所不认识的那种喧嚣

生 火

整个下午我都在劈柴

我以金克木，以忍耐对抗忍耐

像一个心怀悲悯的殉道者

给那些干枯的树木截肢、整骨、修剪毛发

然后，整齐地码在屋檐下

——这是母亲一冬的积蓄和念想

劈柴的时候，我想起了父亲

父亲的罐罐茶总是在烟熏火燎中熬出岁月的苦汁

黄昏漫漶下来

寒冷一落千丈

母亲开始生火做饭

她先点亮一颗星星

这时，浓烟像黑夜一样弥漫

接下来，她必须得先憋住气，再憋住眼泪

努着嘴凑近灶膛

吹——吹——再吹——

直至星光璀璨整个夜空

火焰升起是时候
母亲憋了很久的泪，哗地涌了出来

2015 年 10 月 5 日

反穿羊皮袄的人

冷——

还能再持续多久——这寒彻心房的战栗

风翻动枯槁的经卷，搬运云翳和草屑

没有酒

没有柴薪

甚至没有一句温暖的问候

天空蓝着一张着寡淡的脸

反穿皮袄的人，把一团阴影揣在怀里

彻骨的消息绵延不绝——

如果把帽檐再压低一些

腰间的草绳再抽紧一些

如果有一只小羊羔与他清澈地对视三分钟

当他醉眼迷离

似醒非醒

江山已蜿蜒千里

不必老得太快

也不必走得太远

如散淡之清风，随意之草芥

如一块沉默的石头

他反穿羊皮袄，就像穿着羔羊们穿旧的衣服，贴心、温暖、舒适

当他冰释前嫌

不必再看天的脸色

不必关心鹰击长空，狐奔兔突

多少世间沧桑，声色犬马已与己无关

他只需反穿皮袄，把自己放牧

2016 年 3 月 21 日

沙发上午休的母亲

夜比大海还深
但她的睡眠浅如溪水。从黄昏到黎明
腰酸、腿困、头晕、心慌，一路泥沙俱下
天亮顶一脸菜色户外活动筋骨
尔后，提着大包小包的蔬菜、水果回家
开始为一家人准备午餐

很多时候，她都是一个人在家
看电视、发呆、打盹、浇花、自言自语
她说一旦躺在床上，就头脑清醒，浑身难受

躺在沙发上午休
电视声音可以调小一点
看着模糊的影像
方可入眠

一旦关闭电视
就猛然惊醒

她害怕一个人

害怕寂静

2016 年 4 月 12 日

眼 泪

七十九岁的母亲
四天四夜没有开口说一句话，喝一滴水
没有睁眼看看围绕在身边的儿孙和住了大半辈子的老屋

静静地躺在炕头
仿佛累得连说话的力气都没有了
连抬一下眼皮的力气都没有了
只有呼吸一阵急促一阵舒缓

我们轮换着拉住母亲枯瘦的手
用蘸着清水的药棉滋润她干裂的嘴唇
并轻轻地呼唤着"妈——妈——"
生怕一不留神，妈就会挣脱我们的牵扯……
令我无法接受的是
凌晨两点十分
这样一个深度昏迷的老人
忽然流下了两行泪水
撇下一群哭天抢地的孤儿

2016 年 8 月 6 日

歇晌

从地里回来的人
脚步拖沓，却春光泛滥

有人经过我面前，驻足
简短的问候，或咧嘴一笑
青草和泥土的香味久久不散

有人索性圪蹴在我身旁
顺手拿起眼前放在地上的香烟和打火机
瞬间，云里雾里惬意的活神仙

刚泡好的一杯茶
他问都不问，咕嘟咕嘟灌进肚里

2017 年 3 月 23 日

我只能指给你看银河

——给女儿

我已经不能给你指认那些有名有姓的星辰
天王星、冥王星、木星、土星、三星
北斗七星和启明星
我也不记得它们会在什么时辰装饰你的梦境

曾经，我和伙伴们在村口数星星
在草垛旁数星星，在小河边数星星
数着数着，乱了
数着数着，乱了
我们就开始比赛造句
有人说：星星就像村口涝坝里的小蝌蚪
有人说：星星就像山坡上盛开的灯盏花
有人说：星星就像树上的杏子
还有人说：星星就像麦场上空饱满的籽粒
……
我们乐此不疲，造的句子一火车也装不下
夜深了，我们唱着儿歌回家
"一闪一闪亮晶晶

满天都是小星星"

星星曾经给予我们那么多的想象和欢乐
我却不能把它给你指认

深邃的夜空，星汉灿烂
我唯独可以给你指认的启明星
它会在后半夜冉冉升起，天亮悄然隐退
那时，我们正在梦中跋涉
与一滴滴晨露擦肩而过
现在，我只能指给你看银河
却不能指认河边的牛郎与织女

2017 年 3 月 23 日

送 行

显然，对最后一头驴从顿家川消失
人们的心情是黯淡的——

那天，青草已绿遍了房前屋后的沟沟坎坎
主人还是心怀愧疚的给它喂了一捧豌豆
晌午刚过，村口若市
男人、女人、老人、孩子
仿佛要为一个出远门的亲人送行
人们从一头驴说起
说到马牛羊猪狗鸡鸭鹅
说到推磨、拉车、驮垛
甚至收成，甚至娶亲
有人眉飞色舞
有人唉声叹气
有人深陷往事不能自拔
直到太阳落山
直到那头驴和牵驴的人
被另一片青草理直气壮的淹没

2017 年 3 月 23 日

我总是在这里度过一个个无所事事的周末

迎面碰到的人总是笑脸相迎，回来了

熟悉又陌生的街巷外表光鲜而内心荒芜

小广场像一道银河

隍庙与戏楼隔河相望

只是不知道每一颗星辰都在何处璀璨

打开家门如打开心锁

生怕惊扰了泊在院子里的阳光和叶片上假寐的蝴蝶

多日未回，砖缝里的草又茁壮了几许

几株见风就长的罂粟，从不同的角度探过来

像母亲的问候（母亲在世时

用它医治咳嗽和关节疼痛）

但我还是惊飞了几只讨论谷糠去向的麻雀

院子里的秩序瞬间变得混乱

冰锅冷灶的日子，我逐个打开每一扇门窗

让光亮涌进来，关照到桌面上的灰尘和角落里的蛛网

村外的田间小路

青草任性，遮盖了我与众乡亲相遇的浪漫记忆

一个人的脚步荡不起一丝现实主义的尘埃

山河潦草，人烟稀疏

那么多的土地撂荒着

也有种植药材和苗木的

野兔和雉鸡安贫乐道

刻意转到父母的坟院，绿草替代了白霜

一簇金黄的野花，像太阳锻造的金簪子

闪烁着生命的光芒

绕村一周，我在河边驻足

看草兀自绿，水兀自流

夕阳孤单的身影涉过米冈山巅

此时，江山鎏金，晚霞溢彩

我心无旁骛，什么也不想，什么也不做

就这样，又在这里度过了一个无所事事的周末

2017 年 3 月 28日

多少疼痛都不能说破

别问我吃啥，喝啥
别担心我深夜受凉，孤枕难眠

哦，我只是回来转转
车就停在门口
想走就走，想留就留

母亲走后，秋就凉了
我的乡愁越来越单薄
隔三岔五，在梦里沦陷
回家，亦是捡拾让梦继续做下去的理由

就别再问了吧
多少疼痛都不能说破
破了，就血流不止

2017 年 3 月 29 日

杏花要开

风吹过，整棵树心旌荡漾
花红、花白
空落落的院子
一任花瓣飘零

往后，是一树绿玛瑙
再往后，是一树繁星
去年的果实
在秋风中孤独的坠落、腐烂
但仍有一些杏核在黑暗中发出声音
春天破土而出

这是一树品种优良的红梅杏
肉厚、多汁、甘甜、品相完美
却不知能否在今年的秋风中获得赞誉

2017 年 3 月 29 日

微风景

一朵朵细碎的小花

幽蓝。干净

五个小米粒大的花瓣，均匀地围成一圈

小小的、精致的圆叶子

紧攒。簇拥

如果不弯下腰去

不仔细观察

她的美

注定被我的自大忽略

2017 年 3 月 29 日

早起的人

都是一些老弱病残者：缓慢、迟钝、空虚
要么沿村口的田间小路迎风落泪。要么
在空旷的麦场上伸胳膊踢腿，与僵硬的骨骼较劲
仿佛这个早晨就是老弱病残的早晨
这一天就是老弱病残的一天
这个村庄就是老弱病残的村庄

以前可不是这样
以前，早起的人
给牲畜添草，去泉边挑水
劈柴、喂牛、套犁、拂尘扫院
把希望的炊烟高高的升向屋顶
把热气腾腾的孝心和爱捧到炕头
——是年富力强的早晨

我在村口遇见他们
我不开口，他们也懒得搭理
众鸟用歌声欢呼日出
他们用呻吟和咳嗽

2017 年 3 月 30 日

春分过后是清明

清明祭祖。我老家的风俗不尽相同
新坟，须在春分祭扫

年过半百
直到今天我才明白，古人创立这一风俗的缘由
——他一定和我心情一样
清明还在路上
他对亲人的思念已迫不及待

思念是一场疾病
来时排山倒海，去时破茧抽丝

母亲去年谢世，坟头新土尚未干透
春风吹过，定当一茬新绿
像还了谁的心愿

2017 年 3 月 30 日

万寿菊

——与弟书

此刻，我们不说秋后算账

不说一颗失重的心何处着陆

你满眼迷茫

脚下的八百亩河山可种小麦、洋芋、大豆、胡麻

可种草喂牛，挖塘养鱼

但这都不是你所能掌控的

你的河山在三条高速公路的交汇处

一座高架桥鸟瞰的范围内

这绝好的风水，被一束敏锐的目光锁定

被一纸宏大的构想激活

这高寒之地，土层深厚，日光充裕

宜植菊花

可观赏

亦可入药、泡茶、酿酒、制糕，烹羹

春去秋来，将长出一片锦绣前程

从此,你就不是庄稼人了

不问稼穑

不再跟着农历的脚步泥泞

也不必看苍天的脸色和土地的墒情

你在花间穿行

"采菊东篱下，悠悠见南山"

吸天地精华，养人间瑞气

然后，在此起彼伏的赞美声中

健康、长寿

醉心编织幸福的藩篱

2017 年 3 月 31 日

门　告

送葬的队伍沿着山路踽踽而行
德高望重的老者在队伍后面大声吆喝：
"高抬深埋，高抬深埋奥——"
引魂幡在风中猎猎颤抖
草丛中有飞禽的惊慌和走兽的失措

简单的门告上白纸黑字昭示：
"某某男，享年八十有四，无后"

村子里最后一个鳏夫，殁了
他吃百家饭，穿百家衣，干百家活
一辈子没出过远门，没坐过飞机、火车
他曾踩着趔石过河，骑着毛驴赶集
一双大脚板踏遍了顿家川的山山水水
凭一身力气和一腔厚道，衣食无忧
从来没人说他是傻子
最后，乡亲们用八抬大轿送他一程

白纸黑字赫然落款：

"孝男：全村男丁

孝女：全村女眷"

2017 年 3 月 31 日

一九八三年秋天的某个晌午

这片山地，已不似一九八三年的陡峭与贫瘠

那年我十八岁，连续复读两年
日夜担心那命悬一线的小数点后面的炸弹
再次落在一个破败的农家小院
父亲好几日没有大声讲话了
这个有点文化，见过点世面的乡下男人
总是高声大气地给别人指点迷津
邻村不断传来的喜讯让他把惯常的分贝压低，再压低
把高傲的头颅用草帽遮住
我天不亮就套牛犁地
有时扶住犁把在前程未卜的犁沟默默流泪
脑海中一遍又一遍演绎离家出走、隐姓埋名，甚至自杀
一九八三年的秋天，毒日头辣得眼睛也睁不开大
某个晌午，我在脚下的这片山坡犁地
看见邮递员的自行车停在家门口
之后，我听到父亲压抑已久的声音被忽然引爆
爽朗高亢了起来

那一刻，我撇下犁把，匍匐在地号啕大哭
一对温顺的犍牛，拉着无人把持的木犁
径直走向地头
它们的眼前是一片蓬勃的绿草

2017 年 4 月 1日

鸟鸣淋湿的清晨

黎明时分，被早起的鸟儿唤醒
仔细辨听，至少有六种鸟在和鸣
每一个音符都饱含露珠，晶莹圆润

除了麻雀在使用方言
其他的我都听不出口音，也叫不上名字
但不影响大把的鸟鸣淋湿整个清晨

被鸟鸣唤醒的人——
母亲心中有爱，奶罢孩子，生火做饭
父亲心中有佛，喂完六畜，拂尘扫院

我心无远虑，站在窗后静等天明
听鸟鸣时断时续，微风拨动树枝的琴弦
想与鸟儿有关的事情，与人间烟火有关的事情
与流水和叶子有关的事情
不知不觉，隔夜的雾气
在眼前慢慢散开

2017 年 4 月 5 日

后花园

我乐意结识这些细微的植物
它们或许叫狼毒、牛耳朵叶子、狗尾巴花
或许不是
我乐意与它们为邻

我已经被挤在水泥丛林凌空的一角
犹如站在悬崖边上

老家这一处幽静的后花园
每一根枝条都伸展着个性
每一片叶子都呼吸着清新
即使枯萎，也有干净的薄霜遮掩哀荣

2017 年 4 月 6 日

乡间书

读书，写字
煮茶，温酒

拈花，惹草
数星星，听虫鸣

出世？入世？
云卷！云舒！

此地甚好
何须诗和远方

2017 年 4 月 6 日

对　饮

多久了呀！像墙角一截落寞的朽木
黑暗中，点燃骨骼内仅存的磷火

今夜，无须拐弯抹角
让所有的语言都保持沉默
一盅，又一盅
饮下年龄、病痛、颓废、厌倦
饮下长安、银川、乌海、东莞
饮下餐馆、煤窑、车站，码头
饮下按摩房、建筑工地
饮下迷途的爱情和荒芜的家园

饮下潦倒
一杯苦笑

多久了呀！清明到白露
饮下一个男人泥沙俱下的半生和不断溃烂的疤痕
饮下过往，青春和灰烬

饮下呜咽，这一杯泣不成声的人生

两行浑浊

对饮清寒

2017 年 4 月 6 日

后半夜

地上的烟蒂和酒瓶，都掏空了内心的火焰
茶杯中还残留着隔夜的心情
一个人的空虚，填满了偌大的院落

有猫头鹰悚然的哀恸也好
有一桩耗子的盗窃和狐狸的谋杀也好
月黑风高也好啊
但是没有
鸡窝空着
狗窝空着
羊圈空着
牛圈也空着
月光把树叶的马赛克贴在地面上

青山无语，人间寂静
但河流一定是醒着的
露珠听着哗哗的声音长大
院子里无人照料的罂粟，又开了几朵

2017 年 4 月 11 日

云杉和杏树

院子里有一棵云杉和一棵杏树

杏树寂寞了就开花，结果，招蜂引蝶
叶子也随时序更迭而变换着装束

云杉四季穿一身绿外套
抱紧膀子，使劲往高处窜

两棵树，像极了一个女人和一个男人
两棵树，忠诚着一座院落

2017 年 4 月 11 日

小河边

改道是身不由己的
水量变小也是身不由己的
撕裂的草坪，没有一棵树是快乐的
我渴望遇见比泥鳅还光滑的童趣
洗衣的村姑把花花绿绿铺满草地
低头饮水的牲畜，抬头看天的鹅
铃铛悠远，草木情深
有人踩着趄石过河，黑黑的身影很快消失在对面的小树林里
河水清浅，荡不起一点涟漪……

我一个人在河边苦等了一个下午
只等到披着夜色的蛙鸣
那歌声多么清亮啊
沿着河谷飘来飘去
好像是很久以前
又像是多年以后

2017 年 4 月 11 日

风雨欲来

我是否破坏了蚂蚁迁徙的秩序

一支身披黑色铠甲的队伍，拧成一股绳

我不知道它们要去何处

正午，炊烟刚刚伸向天空

地埂上的花开得正好，草也长得正好

两棵自生自灭的小树挂满了青果——

山杏子和山李子比赛谁的内心更酸，谁的青春更涩

这时，一阵大风刮来

一簇杞柳，替苍生说出答案

2017 年 5 月 29 日

曾　经

我不习惯把元旦当作新年的纪始
就像我习惯于用农历记忆亲人的生日和父母的祭日
习惯腊八喝粥，二十三送灶神
习惯年关盘点去日，攒算来年

我记得一只脚刚踏进腊月的门槛，大队部灯火就日夜通明
父亲的算珠在十根手指间噼啪作响
那些麻袋、油壶、笼筐迫不及待的列队等在仓库门前
一杆秤，一本账簿
掂量微薄的收成

我还记得村庄上空的天蓝得像一首抒情诗
而脚下的积雪尚未融化
锣鼓铿锵，社火演练已在空旷的麦场上龙腾虎跃
大雪封山的夜晚，火盆里干柴正旺
一盏电灯下，母亲赶缝新衣，剪窗花的姐姐鸟语花香
而隔壁的吹拉弹唱已搅得全村心神不宁

我记得有一年腊月二十九我一夜没合眼
父亲终于赞美了我的毛笔字
我把所有能收集到的美好的对偶句都抄在一个本子上
天亮铺开一刀红纸，为左邻右舍书写祝福
我记得起初我的手一直在抖，鼻梁上的汗珠掉在纸上
恰好被墨迹掩盖

2018 年 2 月 9 日

守 岁

晨起，在微信群发出消息：回家过年
阳光的碎银恣意挥洒在高速公路和祖国的大好河山

我载一车乡愁，痛饮《黄河谣》如水的苍凉
家就在不远的地方
在六盘山一隅
酒香弥漫。炊烟挥动着手臂——
我必须在太阳落山之前把神接回家
我还要模仿父亲在世时的优雅：洗手、焚香
手书对联
给每一扇门涂上喜庆的胭脂
并在门外的电杆上张示"出门见喜"的帖子
爆竹炸响时，人神复位
我供着神
我就是神的子嗣
天黑之后，我们给神拜年
给活菩萨拜年
看孩子们数着压岁钱笑成花朵

我品着小酒，说着人话
在堂屋为一家老小守岁
尽管双亲已不在身边
我心里念着
这个家就是圆满的

2018 年 2 月 15 日

迎喜神

把新年的第一缕阳光迎回家，温暖相伴
把梅花鹿的影子迎回家，平安相伴
把鸟鸣迎回家，快乐相伴

人迎喜神
牛羊骡马也迎喜神
迎人丁兴旺
迎风调雨顺
迎五谷丰登

天大
地大
神在高处
俯瞰人间欢天喜地

迎喜神的人
采一束蒿草回家，插在神龛上，谓之摇钱树
——人们是把种子迎回了家

2018 年 2 月 16 日

仿佛被岁月推到了悬崖边上

年年回家，都住偏房
今年，小弟请我住到堂屋
他一句多余的话也没说。但我知道
父母不在了，长兄如父

半夜惊醒
仿佛自己被岁月推到了悬崖边上

2018 年 2 月 16 日

我期待的雪没有如期而至

正月初二了，我期待的雪没有如期而至
就像大姐没有回娘家一样
我给并不遥远的大姐打电话问安
但我不知道怎样才能联系上姗姗来迟的雪

2018 年 2 月 17 日

假如你看见一面屋顶上有雪

四邻屋顶上的雪都化了
炊烟袅袅升起在院落上空
你同时看见大门上喜庆的对联，屋檐下的红灯笼
……

假如你看见一面屋顶上有雪
那户人家一定没有回家过年

一座空院的肺叶能吸进多少寒风
就能吐出多少荒凉

2018 年 2 月 18 日

弯腰记

我不能把腰挺得太直，那样
只能看见米冈山顶的白云以及更辽远的苍茫
我必须弯下腰来，像河边那头老牛
一边饮水，一边打量被流水清洗的倒影

站在村后的堡子山上，打量每一座农家小院
杂乱的秩序，蛇一样蜿蜒的村巷
行走的村夫、牛羊、流浪狗
串门的炊烟

如果不弯下腰来
我就不可能看清堡子山周围深草中若隐若现的坟冢
苗圃里擦汗的老人和地头上玩泥巴的孩子

"万物都有一副好身板"
你看，每棵草木都有一条倒淌的河流
它把枝条和叶子弯向了大地

2019 年 2 月 25 日

马刺荩，云杉与枯子蔓

我看见一棵远走他乡的云杉与枯子蔓纠缠不休
马刺荩紧紧地抱着泥土不放
这些树苗跟孩子一样，一粒胚胎长得花红柳绿了
便生出腿，生出翅膀，生出野心
我不知道它们离开村口的时候，是否有过纠结
有过迷茫，有过深情地回眸
但我知道它们的根系上都裹着泥土的眷恋

我曾在自家的地头问过一个贩卖树苗的人
他说这批树苗将会在新建的古雁岭公园安家
恰好离我在小城的住所不远
从此，就有了在黄昏散步的爱好

就像走在乡间的小路上
听鸟鸣啾啾，蝇虫唧唧
看云卷云舒，花开花落
我亲眼目睹了园丁给他们浇水、剪枝、培土、施肥
就像精心照料着自家炕头上的孩子

这些离家出走的小树

有些已有了蓬勃的气象

有些提前活出了中年的疲惫

还有一些不知是因为思念成疾还是水土不服

不久，枯死了

最让我不能释怀的是

园丁们用快刀斩乱麻的手法

娴熟地斩断了枯子蔓和云杉的纠缠

并以斩草除根的决决

把马刺苋连根拔起，暴毙于骄阳之下

如果在乡下老家

它们一定会活的自由而疯狂，随意而率性

每当此时，我就十分怀念故乡的山水与桑麻

2019 年 3 月 1 日

鸟一直叫着一个人的名字

有一种鸟儿叫现黄现割，它总在暑假之前回到村庄
唱着"现黄现割"的童谣，从南到北
一路引领着黄金的麦浪
跳跃在雷声和闪电的前头
喜悦和担忧各占一半

还有一种鸟儿叫"姑姑等"
前世是一个弃儿，抑或孤儿
叫声低沉、沙哑、悲伤
关于它的故事，奶奶用一箩筐恓惶穿针引线

小时候，孩子们在街头巷尾学鸟叫
"李航雨，李航雨"
清脆。婉转。欢快。

李航雨生前是个铁匠，会打锄头
会钉马掌，会做门扣
还会配钥匙，修锁子，赶马车

拧绳，下套

李航雨去世好多年了
那种鸟年年还会回来
还叫着他的名字
"李航雨，李航雨"
清脆。婉转。欢快。

2019 年 3 月 24 日

打　铁

小时候，坐在街边看铁匠系着皮护裙，挥汗如雨

叮叮哐，叮叮哐……

一块块废铁被烧红

打成锄头、镰刀、锅铲、斧子……

再淬火

一股白气升空，与周围的燥热一团和气

我一直在想

铁，会不会疼

烧着

打着

冷水淬着

直到有一天，一小片铁屑

溅到我赤条条的胳膊上

2019 年 3 月 24 日

不知青草受了什么委屈

黄牛在河滩吃草，顺带吃掉几朵小花
男孩赤着双脚，跟一只小鸟学唱歌
一双崭新的白球鞋和一顶草帽在树下静静的悟禅

熟悉的山冈故作神秘地吐出一口雾气
似乎不让人看出它的真面目

青草一定在昨夜哭过
挂在睫毛上的泪珠到现在还没有掉下来
——不知青草受了什么委屈

雨似下非下
一顿饭工夫
小鸟飞走了

黄牛吃了太多带泪的青草，毛稍上也挂满了泪珠
男孩头发湿了，但脸比平时干净了许多
眼睛也清澈了许多

2019 年 5 月 3 日

被鸟鸣唤醒

凌晨五点，黎明拉开帷幕
音乐会准时开始

这些早起的鸟儿
它们才不管我是什么时候入睡，心里藏着多大的风暴

领唱的那个，声音湍急
仿佛提着满盈的水罐，把尿憋的人
逼到墙角

布谷鸟有男中音的沉稳
它知道地里绿油油的植物不是庄稼
它只是对季节习惯性的发声
有一搭，没一搭
声音里有对麦香的回望

麻雀也不是为吵闹谷糠而喋喋不休
草丛中的虫子醒了

蝴蝶与花蕊都在舒展轻盈

还有喜鹊、鹁鸽、黄鹂鸟……
似曾相识的语种

那么多鸟儿登上枝头
那么多鸟儿亮开清脆

仔细辨听，没有一只鸟儿是为食物呐喊的
歌声欢快、清亮
全然不顾及人间的悲苦

2019 年 6 月 10 日清晨于顿家川

我已很久没有放声大哭过了

无大喜。亦无大悲
无非生老病死，聚散无常
人约黄昏，必须隐藏内心的悲苦，学会给命运低头

想起早年父亲离世，母亲羸弱，姊妹少不更事
往后的日子更加凄风苦雨
我不由得大放悲声
那是我最后一次向人世示弱
我大声哭号的时候，天色昏暗
乌云逼近低矮的屋檐

母亲走时
心被针尖一下一下剜着疼
我忍住泪水
我必须以一堵墙或一棵树的形象挺立
给亲人依靠，给孩子遮风挡雨

久而久之，我忘记了哭泣是一项本能

昨天回家给姐夫奔丧

一个人转到山坳里，影子陪着我

想起这些年陆续走失的亲人，留在世上的疼痛

以及误解、中伤、构陷、背叛

眼泪像小溪一样顺着脸上的沟壑流了下来

我想大声哭泣

一张口，却发出了奇怪的声音

原来，放声大哭，已远离了我的人生

最后，我放弃悲伤

点燃一支烟，背搭手

装出一副举目无亲的样子

回到亲人中间

2019 年 6 月 11 日

一座大山迎面扑来

一座大山迎面扑来，两侧众山合围
像母亲率领她的子嗣，在你必经的路口
捧上甘泉、鸟语、花香、山果和烟岚……

灵魂都有自己的地理志
村口的榆树，屋后的堡子，门前的小河
以及榆树上的喜鹊窝
灵魂的归宿就是原路返回
有人因心思过重而叶夜夜失眠

晚钟响在峰回路转处。夕阳西下
车载着疲惫，灵魂押解着肉体

哦，到家了——

2019 年 6 月 28 日

像一个无家可归的人

父亲走时，带上一扇门
母亲走时，带上另一扇门
出门谋生的弟弟，临别，上了一把锁
——这锈迹斑斑的人生啊！

我时常在梦中逆光劳作——
给自己造屋，平整菜园
在一棵酸梨树下种下落叶归根的心愿
直到梦醒时分

像一个无家可归的人
数次——路过
把门前的歇脚石坐热了——又回凉

2019 年 7 月 25 日

第二辑

水穷处

春 夜

想起昨夜花园里那只上蹿下跳叫春的猫

它的渴望令人毛骨悚然

它那么纯粹，不懂矜持

刺耳的叫声一再点燃欲火的烈焰

昨夜一定还有什么不为人知的劳作在暗中发力——

通宵打牌的人

耍酒疯的人

站街的风尘女子

梦呓的流浪汉

如果不是无意间收看到那套娱乐频道节目

就不会知道漂亮的女嘉宾

一不小心，把春光泄露给了全世界

（谁知道她不是故意的）

一树繁花

黄昏散步时还保守一颗颗粉嫩的春心

今晨就全部绽放了

还有那叶片上蒙羞的尘埃

草尖上偷窥明月之心的露珠

他们均与神灵和魔鬼有关

2016 年 3 月 29 日

风雪之夜

那些诡异的灯光：惨白、枯黄、殷红、幽蓝
灯光洗白的黑夜
因过于虚假而缺少体温

雪花飞舞
雪是花的替身
盛开是故意的
是生命的另一种形态
有着飞蛾扑火的决绝与美艳

灯光迷离处，时间的河流更加模糊
那眩晕的、无序的、漫不经心的飘零

"抱紧我——"
在这风雪之夜

2016 年 3 月 3 日

漫天的星星都是羊的眼睛

按你说的，前半夜我数羊

从 1 数到 500

再从 500 数到 1

我翻来覆去的数

每一只温顺的羊都有一双像你一样清澈的眸子

数着数着，羊群的数量成倍增加

漫天的星星都是羊的眼睛

辽阔的天空成了牧场

后半夜我仍然数羊

我一边数，一边想一个问题

——怎样才能把这些眼睛从我的脑海里赶出去

让我尽快入眠

2016 年 10 月 6 日

春 雪

显然，这是去冬就已经起程的那场雪

它们只是在路上耽误了一些时日

它们需要珍藏沿途的苍凉、惊悚、颓废以及人间烟火

之后，追赶着倒春寒的脚步

蹉跎而来。它们注定会飘进我泥泞的诗行

否则，就不会迫不及待地落在我的头上、肩上乃至睫毛上

不会把脚下肮脏的地面铺排得像稿纸一样圣洁

它们似乎知道自己一生只有这么一次话语权

没有曾经也没有将来

因此，它们一路彷徨一路阴沉

在夜晚疯狂舞蹈，白天月光一样安静

如果融化是它们的宿命

它们将死得迅疾死得悄无声息而又义无反顾

仿佛赶在春暖花开之前，只是为了来朗诵自己的悼词

2017 年 2 月 21 日

守 候

早春已在山外徘徊
而我依旧守候

我劈薪为柴
夜夜煮酒

今冬无雪
通往山外的路一直空空荡荡

2017 年 2 月 21 日

暗下来的光阴

暗下来的光阴，像生活本身

我两眼墨黑，妄想在梦中遇到另外一个自己
干净，清瘦，手持经卷，玉树临风

我只向时间妥协
这无法预测也无法掌控的刀锋
收割着每一个人的沧海桑田

每一束寒光都衍生出无数条小路
有的通向地狱，有的通向天堂

我只需一条，执迷不悟地通向你清冷的庙宇

2017 年 5 月 12 日

虚 构

这妖冶的烛光的舞蹈！

这澎湃的酒精的激情！

这荡漾，这蛊惑，这缠绕，这碰撞，这真实的叮当之声

这死灰复燃的烈焰，火上浇油的热情

这一把被岁月之虫蛀蚀的老骨头，流失殆尽的钙

这抛锚的年轮，放浪形骸与力不从心

这眩晕，这趔趄，这杯盘狼藉，这灰飞烟灭

这风中摇曳的高楼和马路上纵横交错的光束

这遗弃，这背离，这恍惚，这迷人的夜晚

这荒芜之地，这温柔之乡！

——这真实的虚构和虚构的真实！

2017 年 6 月 1 日

辨　识

我试图把迎春花和连翘分开
把黄刺玫和棣棠分开
把雨和水分开
把生活和演戏分开

我被似曾相识的事物蒙蔽
迷惑于人世间娴熟的表演和经典台词
我不知道那是一场戏，演的是自己的故事
从开场到谢幕
从柳暗花明到始乱终弃
我以为我在真诚的生活？

我同样不能辨识
尘与土
鹿与马
天使与魔鬼
圣女与婊子

估价而论的舞台上，有着千奇百怪的艺术人生

有人指桑骂槐

有人装疯卖傻

有人明火执仗

有人暗度陈仓

我只想做一个隔岸观火的人

一次次被角色、被预谋、被规则、被套路

却时常被自己拙劣的演技感动

忘记是在台前还是幕后

装人还是扮鬼

2017 年 6 月 6 日

古雁岭

雷声虚张声势
闪电虚晃一枪
暮晚的风真诚地陪伴着一个喝醉酒的人
风雨欲来，古雁岭万物慌乱
包括人类、草木、蝼蚁、瓢虫、屎趴牛
燕子贴着树梢飞，贴着花朵飞
灵动的尾巴剪下残阳，剪下乌云，剪下身不由己的摇曳
包括光影、脚步、车轮以及趔趄
暮色中的事物看起来比白天更加迷人

我没想到黑暗会来得这样快
晚照稍逊即逝
燕子黑衣，腰身一闪，没入幽暗的树林
或许沿着新开辟的航线，抵达另一处灯火阑珊处的光影
那一刻，我追逐的目光被燕尾剪断
只留下一个孤独的身影和始料不及的疑问

这一阵风多好啊，风中带沙

吹进我的眼睛

这一场雨多好啊，雨中含药

把我眼中流出的沙子淹没

这夜色多好啊

把一个失魂落魄的醉汉紧紧地裹在怀里

2017 年 6 月 20 日

诺 言

多轻啊——
决然离去的背影

像一张印钞纸
飞蛾般扑向灯红酒绿的迷乱

2017 年 6 月 29 日

对深邃的夜空说晚安

习惯厮守、追逐、眩晕、枉然
爱屋及乌。想一个人就吊死在她家门前的那棵歪脖子树上
做一枚风干的叶子，瑟缩着、牵挂着、陪伴着
习惯噩梦、惊悸、意淫、自言自语
夜深人静时点一支香烟取暖
同时也照亮内心的阴暗
习惯谎言、欺骗、放纵以及动荡
做一个单纯的诗人
把匕首和悔恨隐藏在字里行间
错字一错再错
病句病入膏肓
习惯伤口结痂的盐巴被酒精误读
一个人酩酊
一个人力透纸背
习惯侧身而卧
不仅仅为了减轻心脏的负荷
照顾那双温存的手，习惯地触摸到后背一颗突兀的黑痣
——结在心上的珍珠

——千山万水都无法消解的蛊毒
习惯把一轮假想的明月挂在树梢
对深邃的夜空说
晚安！

2017 年 7 月 14 日

雨 夜

两瓶红酒喝完了，要不要再开一瓶？
服务生说都午夜时分了

天空下着小雨
你说下刀子又能把谁怎么样呢

道路湿滑，夜色继续下沉
窗外灯火明暗不定

2017 年 8 月 7 日

夕 阳

我和夕阳都红着眼圈，像喝醉了酒
（我真的喝醉了酒）

夕阳有绚烂的晚霞陪伴
我有千里之外赶来的风声和汹涌而至的暮色

2017 年 8 月 31 日

大雁飞过天空

天空似一面瓦蓝的绸缎。大雁飞过
字幕缓缓移动——两个笔画简单的象形文字
而群山逶迤，秋风吹皱大地
有人抬头仰望，有人低头劳作

此刻，鸟入寒林，虫鸣棘草
除了大雁，我目无众鸟
我相信一只大雁的操守约等于它的信念
为了飞翔，它忽略了肉身
也找到了灵魂

大雁飞过我的领空
西海固睁大泉水的眼睛，清澈地仰望
我极目远眺，陇山一带层林尽染
接近于神谕

2017 年 9 月 23 日

秋水长

河水赤身露体，盲目的往低处流

在爱恨情仇之间保持警觉

但，河水不知道自己要流向哪里

泅渡者，包括捞浪渣的人，隔岸观火的人

一次次在泥泞中沦陷、托生

我钟情苦艾。借助流水的力量

盲目而又顺从

结伴而行的残花不是我的，枯叶不是我的，落果不是我的

我克制着自己，一头寒霜独自行走在人间

路遇清潭，有岁月的沉淀，也有澄明的灵魂

可安放感激，亦照见倦容

2017 年 9 月 27 日

洗白人间

有人早起，以骨为笔。雪地上写下：洗白人间
一串脚窝，盛满新鲜的修辞和叵测

感谢一场雪赐予孤独的人以澄明之心
问候一夜白头的树木、屋舍，山川以及江河
安慰夜长梦多的人

我必须在午夜时分清醒，配合翩然而至的花朵
亦必须在清晨出门。大地无尘
把眼睛彻底清洗一遍
唯其如此，才对得住长久的忍耐与等待

2018 年 1 月 20 日

雪霁

天空湛蓝，大地明亮
尘埃说过不算，阴霾说过不算
我有凛冽的柔情和透明的杀伤力
我统治山川
还你一个干净的草木世界

2018 年 1 月 21 日

秘　密

昨夜的花是悄悄开放的
一缕香气泄露了它内心的秘密

2018 年 4 月 6 日

雨在下

一棵草无法承载我的悲伤
我也无法承载一棵草的悲伤
吹向村庄的风，都是漫不经心的
但暗藏寒冷
秋雨连绵，注满了沈家河水库
我依然看天的脸色行事

在草木的世界，一个又一个死亡
或即将死亡的消息接踵而来
有些果子只熟了一半，另一半无疾而终
长芒草选择午夜穿上孝衫
怀揣无用的悲伤，与即将枯萎的草混为一体
再柔软的心，也装不下决然离去的背影
雨还在下。世事混沌，来不及看清
天就骤然凉了

2018 年 9 月 28 日

弦外之音

我本来想用小楷写一封长长的思念给你
却只在微信中发了一句轻俏的问候
你也只回了简短的两个字：安好！

日子总是删繁就简，把距离拉近，人心拉远
把纯金的牵挂无限贬值

淫雨霏霏的夜晚，天地间竖起无数架大提琴
呜咽着杰奎琳·杜普蕾的《殇》
弦外之音，有我不曾释怀的衷肠和倾诉

2018 年 10 月 3 日

想见一个不想见的人

落花随流水私奔算不算天长地久

花瓣离开枝头算不算背信弃义

雨下了一夜，槐花落了一夜

流水带走落花，叶子泪流满面

有人蘸酒水磨刀，试图斩断乱麻一样的雨水

有人穿过大半个城市的积水，只想见一个不想见的人

是雨夜

是长恨歌

我想替叶子拭泪

却不知从何入手

我在心中建一座坟

把流水和落花一同埋葬

2018 年 10 月 4 日

夜未央

肯定是一个人无限遐想的海域

譬如宦海中沉浮，商海中跌宕，情海中泅渡

而泥泞，是守在门口迫不及待的中年

我在半夜醒来，听雨脚大声喧哗

黑夜和雨水无端放大了一个人的悲苦

经年的内伤因连日阴雨而淤积成疴

寒冷，是心底里腾起的灰烬

如果不是绝望，谁也不会心怀暗礁

独自一人站在黑夜中央，把麻木当豪情啜饮

雨从上下左右爱我

风从东南西北爱我

像一个幽灵、一个精神病人、一个任性的少年

已无法辨认自己或水深火热

我对人世的爱，用炭火般燃烧的躯体和一连串响亮的喷嚏作答

2018 年 10 月 4 日

在海边

傍晚五点钟，天已完全黑透了。这短命的日子
故意不让我看清大海的真面目
只暴露出水的青面和浪的獠牙

海天如此辽阔，却被黑夜屏蔽
海大不过黑

海面起伏不定，后浪推着前浪
海风生猛，带着刀子、利剑，带着刺。呼啸不止
我的眼前是一片深渊
我凝视着它，它也凝视着我
每一寸光景都险象环生
一个从内陆赶到海边的人
此刻，我的内心有大面积的冰山和暗礁
失败是必然的，恐惧也是
我把失望狠狠地淹死在水中
带走唯独属于我的落寞

转身离去的刹那，眼前灯火辉煌

2018 年 11 月 29 日于北戴河

湖

那么多的枯叶浮在湖面

柳树的叶子，枫树的叶子，银杏的叶子，梧桐的叶子

均呈现不同的形状和色彩

荷叶谦卑，收拢了霸气

用一支枯瘦的残躯招魂

整个湖面就显得庞杂而拥挤

像莫奈的画作

赏画的人，稀稀落落

来了，又走了

留下悲秋的气息

湖边站着一棵油松，一丛箭竹，一树忍冬

石凳是冰凉的，一如石头上的字迹

接下来的时日，不再会有温热的身体去亲近它

正午的太阳照在湖面上

成群结队的小金鱼与枯叶争夺地盘

在此短暂逗留的几日，每天中午
我都会把影子投进湖里
我热烈地爱着这一方水域
它收留了天空的雨水，也收留了飘零的枯叶
把腐烂和叹息统统的咽进肚子里

2018 年 12 月 3 日于北戴河

打脸书

允许白日做梦，梦见所思之人，成全所想之事
允许天空一灰再灰，我的脸色和它保持高度一致

允许黑夜把白昼翻过，像翻一册个人自传
每一页都是悲情，每一页都在打脸
日子与日子之间无缝链接

允许雨滴成露，露珠成霜
霜染双鬓
允许亲手种下的蛊，结出毒，独自吞咽
人不语，鸟语
茶不香，花香

允许熬油点灯的人，双目失明，双耳失聪，却心如明镜
——大海波澜不惊

秋天已深，世事微凉
"灯光转暗，你在何方？"

——我已在黄昏走出家门好远，好远！

2018 年 12 月 6 日

最好的雪在今夜落下

最好的雪能否在今夜落下——
向晚，天色阴沉，寒流在必经的路上
微信朋友圈提前泄露了这一消息
我在等待

——不是非要等到一场雪在今夜落下
时光凶险，安静和荒芜并驾齐驱，逼我交出体温
好长时间我黑白不分

如果雪花真的在今夜落下
梨花在飞，蝴蝶也在飞
那些习惯于睡着云朵上的花儿
就让它今夜回到人间
把这尘世的孽障覆盖
回到我身旁
跟往年一样白，一样暖

一夜大雪

封山、封路、封门，也封住最后一抹星光
天亮，孤独的人围炉温酒，取雪煮茶
他有自己的清欢
这样想着，雪下得更大了

2018 年 12 月 28 日

有所思

只要把目光从手机屏幕上移开
看看窗外，树枝上斗嘴的麻雀
对面的灰色高楼和天空忧郁的脸
看看书中心猿意马的颜如玉
桌上的台历
只要克制一点，再克制一点
我就不想你了

街道上弥漫着荷尔蒙的气息
一支支玫瑰骑着枣红马招摇过市
意念中奔跑的词语是危险的，穿过记忆的栅栏
落在纸上，都是你的名字
是虚假的修辞无法掩盖的执拗与陷阱

风继续散布着谎言
微信圈每一条煽情的文字都露出经验的獠牙
迫使人们相信燎原的欲火与速配的闪电
我怀揣一个中年人的持重回到《上邪》

"山无陵江水为竭，

冬雷震震夏雨雪，

天地合，乃敢与君绝。"

因为，你之后，我再没有爱上过别人

2019 年 2 月 14 日　情人节

丁香之约

闻香下马。黄昏有自己的说辞——
"花事荼蘼，芬芳正好"
一朵朵丁香却开得虚火旺盛
白如狐仙，紫若妖姬
一朵一朵彼此欣赏，又彼此缠绵
她挥霍美色，并用一袭气味勾引好色之人
逆风的方向，灯光映出故人迷幻的脸
香气，是一朵花最好的性感

多么平常的一天。饭后散步的人
不再抱怨杨柳。时间有了外遇
遇见桃李，遇见你
曲径通幽处，不是结着幽怨的含蓄
有急需释放的欲火，负重的枝条托举轻俏的烈焰
尽管色相被夜幕收买，借助体香
花朵的荷尔蒙仍像炸药一样弥漫
令每一个寻花问柳的灵魂出窍
我还没有来得及赞美这热烈与放荡

一座城就沦陷了

是的，春夜适合发情，更适合无病呻吟

草木也会在夜色的掩护下改头换面

丁香风流成性，随风潜入夜

寡义的人也被多情感染，用尽修辞和掌中的镜头

委身于眼前的苟且

我一人闻香，一人踟蹰

纵有一颗猎艳的心

但你我之间隔着一场梦的距离

——人心与草木的距离

像一个骗局推动另一个骗局

短暂的激情过后

是叶子长久的落寞

局外或局内

我和你

花开有期，俗世无恙

我欣然接受这样的结局

像初识、重逢、然后别离……

2019 年 4 月 26 日

沙尘暴

我的月亮被天狗吃了

我的太阳被天狗吃了

我的星星还小，正做着儿时的美梦

我的眼睛很早以前就揉不进沙子

现在我老了

风一吹，就落泪

有时在脸上，有时在心里

对世俗，我没有多大的胃口

我只想把漫天的风沙囫囵吞下

2019 年 5 月 12 日

水穷处

嘘！天机不可泄露——

无非是鸟雀垂涎果实，引蛇出洞，鹰在头顶盘旋
猎人校对准星
无非是枪膛生锈，火药受潮
曦光隐退，百兽出没，山风独自吟唱

信任一粒露珠的澄明之心
怀疑风，怀疑翅膀上的闪电
怀疑子弹或雨点
守住一片净土，用最恰当的修辞修补漏洞
在清静与无为之间
一边怀疑，一边试探，一边收拾破碎河山

感谢上苍为我准备的晚餐，有不实的果子
也有空心的壳
其实，我有一碗粥的大海就足够了
我有一瓢饮的丰盛就足够了

我有一棵草的幸福就足够了

放弃做梦，常常在半夜醒来
我相信每一颗露珠都是从黑夜跋涉而来的
露珠心如明镜，睁大了清亮的眼睛
只为看一遍人世清欢
我相信一个人的一生，一直在逆流而上
水穷处
有雾
有我无法破译的迷障和岁月之火不可淬炼的偏见

2019 年 7 月 20 日

忧伤是绿色的

我不知道广袤的天空要积蓄多少委屈
才能倾倒这么多瓢泼的泪水

雨落下来
助长了忧伤

忧伤是绿色的
一如蓝色地球的眼翳

它的诉说一片汪洋
当我抬头，眼前飞过一座黑森林

在夜晚，我有足够的时间想一场落入俗套的忧伤
尤其是涌上来，又忍下去的部分

2019 年 7 月 28 日

穿过城市的夜晚

我把黑夜比作暗流涌动的海，道路比作河流

分布于城市的大街小巷形如拖拉机摇把

每一段曲折都存留早年的温度和记忆

我同时把南来北往的汽车比作河里游动的鱼

拐弯的地方，河面宽阔

一条条现实主义的鱼各奔前程

更多的拐过弯就下落不明

每片鳞甲都惶惑着神秘主义的纹路

我拒绝搭乘任何一辆

也不随波逐流

我与你站在河流交汇的地方，等鱼群经过

红绿灯下，是空旷的暗礁

深不可测的人心和难以填平的欲壑

我们之间仅隔着一片鳍的深渊。自始至终

我没有向身旁探索出一寸

大海一边波涛汹涌，一边风平浪静

像我此刻的心情，一边割舍，一边做着亡羊补牢的救赎

感谢黑夜让我表情模糊

我挣扎着自己的悲伤，经过三个十字路口，拐进四条街巷
送你上岸
折身返回的瞬间，路灯齐刷刷的灭了
不知道这意味着什么

2019 年 8 月 12 日

暮晚（夕光）

旧年祭

我用一杯清茶和远山的一抹残雪祭奠业已逝去的时光
那些心情幽暗的纸片，看见阳光就脸色苍白
我把它们从书堆里检出来，从文件袋里检出来，从枯黄的
记忆里检出来
拂去蒙在面颊上的尘埃
给它们一个光明的出口

妻子把换季的衣服洗干净，一件一件暴露在光天化日之下
她把眼镜架在鼻梁上
用剪刀挑剔败絮，针线缝合伤口
——这些曾依附于我身体表面的遮蔽物
不知经历过多少次身不由己的摩挲、背叛、撕裂——
之后，妻子把它们一件一件熨烫、归整
让刀枪入库，马放南山
妻子做这些事情的时候，缓慢、优雅、心无旁骛
这是她对春天最好的礼遇

而我很长时间依然凌乱，深深地沦陷在冰冷的旧事中

一些疼痛的文字，又让我的心流了一遍血

不痛不痒的，则化成黑蝴蝶随风飘逝

我想起一年来的风吹草动

桃花谢了，杏花登场

白露降至，万物阒寂

每一个庸人自扰的日子，我只是旁观者

我想起母亲，她的百天纸已经烧过了

坟头的草刚刚长出来，就遭遇了寒冬

虽然一冬无雪，我期望的花朵没有开白原野

有很多的真相需要覆盖和催生

但脚步跟赶着脚步

我知道春天来了

阳光投进窗户，满屋子的金丝银线

我如坐针毡

分明找不到一根合适的线穿过春天的针眼

2016 年 3 月 3 日

在山顶看山

更多的人都是从远处赶来，像蜜蜂在赶赴一场花事

有疲惫，失望

也有兴奋，自以为是

有人在虚幻中寻找真实

有人在喧嚣中寻找孤独

有人在枝头寻找根

我在山顶看山

看脚下，也看远处

我不知道他们都看清了什么

远处的山仍然是一派迷茫

2017 年 4 月 27 日

东岳山的一个下午

香客络绎不绝，他们各怀心事
焚香、许愿、磕头、作揖

我一直在观察那些手持香裱的信男信女
孔庙也进
道观也进
菩萨庵也进
出门进门都表情凝重

他们也有一颗明月之心
只是不知道该敬哪路大神

2017 年 6 月 20 日

下午茶

渐渐西斜的阳光透过树梢
把一些斑驳印在窗台上

一群上访者被堵在大门外
他们大声喧哗，甚至谩骂
我站在二楼窗户后面，像一个窥视者
更像一个从前台到幕后的旁观者
抽完两支烟
我为自己泡茶

茶杯里沸腾着远方的春天
日子像开水一样滚烫

2017 年 7 月 10 日

活着，一天都是多余的

死亡是必然的。爱也是
因果也是
只是时间还在路上

庄子说：哀莫大于心死
我还没有彻底死去
还在为一些鸡零狗碎的事烦心
我浪费着粮食、布匹、水和空气
同样浪费着亲情、友情和爱情
这些人间越来越稀有的元素
滋养着我垃圾一样的后半生

2017 年 6 月 20 日

微 光

如果花朵的脸庞掠过萌翳
影子会在不明不白中消失

也就是太阳落山前的那点惶惑——
怀揣一腔崩溃的爱恋，悄然谢幕

错就错在用情太深
没把自己当作一个匆匆过客

天涯尽头，多少消瘦的微光
被巨大的黑夜吞噬

2017 年 5 月 12 日

孤　独

一缕浪漫主义的烟在空气中袅娜
我拆开现实主义的烟盒，在衬纸上写下：孤独

孤独开花，孤独结果，孤独腐烂
孤独成灰

一包烟抽完了，往事也散尽了
屋子里孤独弥漫

2017 年 5 月 12 日

活　着

我活着，不光是为了自己

亲人、朋友以及陌路相逢的人：掮客、旅人、货郎、响
马、地痞、乞丐

他们都生性慷慨，从我身上一点一点拿去慈悲：碎银、羹
汤、米酒、干粮、草料、皮囊

包括这些可以当药引子的失眠、清高和寒酸

我行走在人世间

假装自己没死

窥视人间福报

就是希望忽然有那么一天

你能在人群中认出我

并轻轻地叫出我的名字

2017 年 5 月 13 日

清　灯

灯下日子清寒，书中岁月绵长
可疗伤，亦可祛疾

窗外下雨，人间险象环生
这动荡的尘世，如何接纳干净的雨水？

如果不是为稻粱谋
我宁愿在这漆黑的泥淖里一病不起

书页的眉批处
有含糊不清的药方

2017 年 5 月 21 日

自 证

我在正午的太阳下，太阳在正午的天空

天空如一面蓝宝石镜子

几朵白云像抹布一样轻轻拭过

我真的没看见那只手

如何用抹布将太阳遮住

我的手当时就藏在裤兜里

始终没离开过自己倾斜的身体

2017 年 5 月 23 日

生日贴

不比往年——

笑声
祝福
酒肉
长寿面

独缺一缕目光的温暖环抱
——妈妈!

2017 年 5 月 24 日

墓志铭

这里躺着一个与世无争的人

他厌弃世间的纷争

他已身心疲惫

你若爱他

请勿打扰

2017 年 5 月 24 日

七个春日或 21 床 (组诗)

——这个季节神经错乱

它启唇吐出的花香，咳出的风沙

我的破衣衫，蓬乱的头发和倦容

喉咙、屁股、颈椎、膝盖、黏膜、五脏六腑

混乱的逻辑和秩序，以及猝不及防——

第一日（3 月 26 日）

我的身体是我的寺庙

我住在里面，既是自己的神，也是自己的扫地僧

每日开窗吐故，闭户纳新

适时供奉烟酒、果蔬、粗茶淡饭以及方块汉字

我怕自己一旦疏懒，一个人的精神王国会訇然垮塌

"皮之不存，毛将焉附"

——我有过这样的担忧

一座风雨飘摇的破庙

它的承载本身自带毁灭

我把腐朽的身体交出来——

挑剔的漠然的眼神

冰冷的试探的器械

酒精、药棉，尖锐的穿刺和钻心的疼痛

一部分人求生，一部分人向死

中间隔着一道世俗的篱笆

从一楼到 N 楼，这幢楼到那幢楼

光阴陡峭，过道普度众生

我看见人民医院门庭若市

到处是熙来攘往的人民

每扇门都有着对人民币热切的迎合

我怀揣资金充裕的医保卡

我是否在走向另一座庙宇

——那里供着神，也供着魔

在进门之前，我多看了一眼园中盛开的桃花

第二日（3 月 27 日）

我肛门上长出来的脓肿，绝不是春天的芽孢

也不是躯干上旁逸斜出的希望

它聚集了恩怨、焦灼、失意、苦寒、宿酒、省略号与破折号

它是久坐的衍生品，拯救者的来龙去脉

它选择春天萌动

让我坐卧不宁

并成为今后很长一段时间被生活罚站的人

除此之外，我身体里还藏有魔鬼

我不告诉你们，也不会让任何人觉察

所有的刺探、诱导、望闻问切都不易捕捉丁点蛛丝马迹

它躲在光明的背面，内心阴暗潮湿的旮旯

一个个假装蛰伏，却伺机造反

我曾与它们谈判、较劲

更多的是妥协

是屈从

是黑夜中的断裂和呻吟

对此，我守口如瓶

我对年龄和健康有客观的判断

是的，我是一个有罪的人

这么多年像一个盗贼，一个怀揣心魔的人

我是我的帮凶，伙同自己残害了多少无辜——

天上飞的，地上跑的，水里游的

包括它们的恐惧、疼痛、抽搐、战栗、绝望，自身的疟疾

日积月累，以消化不良和宿便的报复方式，结构我的原罪

并在一张张票据和器械之间寻找证词

等候宣判

第三日（3月28日）

春天来了
我病了
桃花醒了
我悄然隐退

我是否也是这个季节的悖论——
我曾追逐花香，比蝴蝶轻盈，比蜜蜂勤劳
不是为了占有，我是跟着香气秘密潜行的人
一个俗人，对花朵的赞美远远胜过对时间的挽留

而现在，我远离花香，躲在光明的背面
退掉从六盘山到萧山的机票
为自己准备了几本书和一腔即将崩溃的心情
我知道从自四面八方飞往春天的蝴蝶和蜜蜂们都已起程
我向他们一一问安，道歉
相约在明年的花丛中推杯换盏

日子就是逻辑，一天一天环环紧扣，分秒不差
起飞，或躺下，都是一个人的筵席
我在不合时宜的花香中原地待命
我把春天的修辞还给你们
我愿意听到你们对万里江山的由衷赞美

第四日（2月29日）

是日。狂风骤起
这宇宙间的混世魔王目空一切
它怒吼、奔突、扬起、摔下、横冲直撞
它张大嘴巴，吐出粗话
风中行走的人，迷了眼，迷了心窍，也迷了路
一个个东倒西歪，像有病的人，像我

我隐身寺庙，躺在病榻挂点滴
巨大的灌溉，安抚着天命之年的枯萎
痛，是上天给一具活体的提醒
我庆幸自己是一个能够感到疼痛的人
我热爱着疼痛深处的欢腾与博弈
魔鬼从一粒粒药丸开始认罪伏法

只是桃花的灾难与生俱来
她点亮了春天的灯盏，却又被春天的风沙吹灭
绽放是挽歌
蒙尘是挽歌
飞舞是挽歌
桃花在最好的年龄遭遇大风扬沙的强暴
料峭中孕育的生命也胎死腹中

桃花命换春天

大风中，她们都咳出了血

一整天，我无心读书

望着窗外又脏有旧的天空

有时假寐，有时白日做梦

我知道早开的花都去日无多

我的病痛与她们有关，与一场盛大的花事无关

我内心的山河阴云密布

第五日 （3 月 30）

病房禁止抽烟，但不影响一个人在自己的世界里腾云驾雾

曾经的对手都面容模糊

我在一个个英雄帖上亲笔写下谅解、慈悲与饶恕

最后署名：21 床

我把浑身的伤痛都归咎于不自知

眼花是真相，看不清书页内的风月

耳鸣也是真相，懒得听外面的琴瑟之音

在混乱的秩序背后，草木有自己的坚守

我在这里隐姓埋名，我的名字叫 21 床

仿佛是一场密谋，亦是必然

天色将晚

我困了

风，不再飞扬跋扈

一场春雪踩着猫步，从容的拉开通往天堂之路的帷幕

雪是花朵中的砒霜

有物花下活

有物花下死

或许雪是来收拾残局的

雪。镇压了沙尘暴，再来包扎大地的伤口

雪在不断的诠释温柔的杀伤力

第六日 （3 月 31 日）

白。是死亡的荼蘼

业已盛开的花朵，急于表达的枝丫，统统遭遇了一剑封喉

只有讷言的榆树铁青着脸，一副节哀顺变且老谋深算的表情

风沙。雨雪。

蓓蕾。枝芽。

书籍。病床。

谁是谁的陪葬？

谁做了谁的道场？

有人在庆生

有人成了孤儿

我是我的父亲，是兄弟，是儿子

是钢

是铁

是石

是泥土

是天命之年的残留和依靠

第七日（4月1日）

太阳出来了

天空干净得没有一丝儿虚假的痕迹

一夜之间，桃花已成往事

潦草的树枝有搏斗过的疲惫

我相信每一棵树都长着反骨

用枝枝权权的七脚六手对抗过喜怒无常的天灾

而我的寺庙完全臣服于浩大的修复与粉饰

花落了，我不知道树会不会哭，会不会疼

我在意的人没来探望

它将成为这个时代疾病之一种

窗外

车在泥泞

脚在打滑

太阳高高的挂在天空

尾　诗

人生就是不断被治愈的过程

——再见，21 床

——再见，福尔马林和中草药味

——再见，疼痛的天空和大地

一周走过四季，似乎把一生所有的美好和灾难都复习了一遍

春天也病了吗?

初稿于 2018 年 3 月 26 日至 4 月 1 日

5 月 14 日改定

拍蚊记

它胸腔内巨大的轰鸣让宇宙战栗

一只蚊子约等于一架小型战斗机

当我从浅睡中惊醒

耳边依然萦绕着狂轰滥炸的声音

瘙痒首先提醒我是一个苟且活着的人

要么妥协，要么奋起反击

灯光亮起，世界阒无声息

只有我的心跳配合着小心翼翼的呼吸

我睁大昏花的双眼搜寻

幻想一掌下去，雪白的墙壁上盛开一朵玫瑰

  一个人和一只蚊子的战斗在无声无息中持续

不是所有的庞然大物都能鄙视一个幼小生命的存在

当灯光再次熄灭

我不是什么都没听到

我听到了窗外的风声，还有战斗机的轰鸣

也不是什么都没看见

我看见了深不见底的黑夜以及对面窗户投过来的一束亮光

2018 年 7 月 26 日

灰白生活

怕喧嚣。怕光。怕讪笑后短暂的沉默

怕遇见久违之人打探昨日的尴尬

怕紊乱的语境中绞尽脑汁搜寻言不由衷的措辞

过了今天，我们都将成为故人

往事也将成为故事

邂逅——

敷衍——

逃避——

我不要了，证词也不要了

春之花，夏之雨，秋之雾，让它们各自妖娆去吧

我把一头来路不明的白霜留给自己

泅渡灰白生活

菜地里的杂草不是多余的，菜青虫也不多余

晴空下的乌云不是多余的，包括陷阱

快手和抖音都不是多余的

不管是黑吃白还是白吃黑的日子

遍野都有孤鸿，也有佛灯

身边总是游荡着一些不甘坠落的羽毛

它们已经失去了战胜光阴的勇气

却并未遇见栖息的庙宇和引路的大德高僧

为了超度这些形单影只的——不屈的——垂死的——灵魂

我洗手焚香，躲进白纸黑字的殿堂

并爱上了日渐加重的失眠和一副老花镜

2018 年 8 月 3 日

养狗记

女儿怕妈妈孤单，买回一只狗狗

取名米粒

也许叫毛球或毛蛋更为贴切

雪白、干净、活泼、灵巧

有时也任性、无赖

母女爱心泛滥，不忍让它过牢笼生活

于是，床铺、沙发、茶桌，乃至怀抱都成了它的游乐场

布娃娃、笤帚、钢笔、鞋子、衣服都是玩具

像一个惯坏了的孩子，上蹿下跳，不守规矩

空气中飘浮着茸毛，也弥漫着异味

而我始终与它保持一只拖鞋或一本书的距离

它把秽物总是随意排泄在餐桌下、卧室里、阳台上

妻子按网上的说法，把它带到秽物前，嗅嗅

小惩罚，再带到狗厕

狗通人性，多灵巧的狗狗啊！

如此三番，每次随便之后，嗅嗅

迅疾跑向狗厕，成功的扮演着一部幽默喜剧的主角

2018 年 8 月 6 日

这样甚好

黑茶少许，枸杞少许，冰糖少许，好心情多多益善
水至清，不盈不匮，亦不恣肆
窗外阳光甚好
有鸟鸣，欢快，噙着露珠
甚好！

煎熬，贯穿复活的每一个章节
枯叶怀揣修辞回到年少
沸腾，冷却
我不能说老
我只能说自己越活越寡淡了
和一片再沸腾，再冷却的叶子一样，煎熬过后
终将缓缓地沉降到生活之水浑浊的底部

茶漏是必需的，滤掉多余的杂念
把清醇与甘甜收留
两个人，一对白头偕老的生死冤家
不争不吵。时光不紧不慢

晒着太阳，品着茶

手机是茶盅的好伙伴，女儿肯定会从远方发来视频

阳光瞬间擦亮桌面，擦亮褶皱的脸

擦亮周末的早晨

这样，真的甚好！

2018 年 8 月 12 日

广场舞

我喜欢电闪雷鸣

我喜欢狂风怒号

唯其如此

窗前的灯光才能得到片刻安宁

2017 年 8 月 10 日

中年之雪

等待一场清风或一场干净的雪，何其煎熬

阴霾已占据了天穹很久

空气中有感冒病毒恣意流行

我为你燃起了炉膛的火苗，像心跳

见或不见，都不重要了

我有一棵草的隐忍，流水般伪饰的从容

走过春，走过夏，走过秋

这漫长的严冬啊，才刚刚开始

下雪了

旷日持久地落在一个人的白天和黑夜

落在宿命的生辰八字上

从心头开始

日积月累

起初只看见双鬓的寒光

现在积雪已覆盖了脑门

这中年的雪啊！

我在一个下雪的早晨倚窗远眺

我看见多年以后

各自的屋檐下，两个人，围炉枯坐

你头顶的雪线正在急速后退

我心中的块垒融化得所剩无几

脚下有岁月的流水冰凉地淌过

我用这流水煮茶

清澈中再次看见你叶子一样云卷云舒的舞蹈

2018 年 11 月 16 日

空酒杯

这些年，我喝过的酒
白酒、红酒、黄酒、啤酒
攒起来，也有几大缸
我酒后出的洋相，惹的麻烦
也能排成一出大戏
只是我人微言轻
我的机智、幽默、风趣像凉拌土豆丝一样被忽略
而我的语焉不详与天旋地转却成了山珍海味
数次被端上餐桌供人们津津有味的消费

我并不是一个嗜酒如命之人
我请别人，拿出十分真诚
别人请我，我用十二分感激回敬
豪情和悲壮都在杯中
朋友，我们一饮而尽！

我喝过的这么多酒
一部分汇入大海

一部分在旱塬上蒸发

还有一部分爱我爱到骨髓，爱到血液，爱到肉里

跟随我走南闯北，成为身体的一部分

时刻提醒我会头晕、心悸、胃痛、肺水肿、肝硬化

让我负载越来越重，步履越来越迟缓

福报和结果都是一样的

偶尔，风穿过喉结，在腹内回响

寂寞之人内心荒凉

有时，我也会凝视酒杯

端起尘埃，饮下清风明月

2018 年 12 月 20 日

小寺庙

我本不信神鬼
每经一处寺院，从不焚香许愿
只看门楣上的牌匾，廊柱上的楹联，或者
色彩斑斓的壁画

顿家川有一处小院落
名曰清风寺（原名关帝庙）
檐下挂一口铁钟：豁口、裂缝、锈迹斑斑
密密匝匝镂刻着捐赠者的尊姓大名
落款：康熙八年

我问过村里沟壑纵横的老人和文墨最深的乡贤
竟无一人知晓钟上镂刻的是谁祖先的名讳

不知出于何种动机
我敲响了那钟
破音——
惊飞了屋檐下一对灰麻雀

2019 年 2 月 28 日

启　蒙

青草鲜嫩，野花铺满山坡
一群牛追着一头牛在奔跑
一群牛饿着肚子在玩世界上最好玩的奔跑游戏

那时候我还小
尚不能分辨出空气中弥漫的荷尔蒙的气息

我先是追逐一只花蝴蝶
尔后睥睨李子树上的一个鸟窝
树下纳凉的大姐姐
用草茎编蚂蚱
我问她牛群奔跑的原因
她凶巴巴地瞪了我一眼
勾着头，脸一直红到了脖子根儿
我看见她脸上有一层细微的汗毛

2019 年 2 月 26 日

去　势

我第一次听到这个词——
养牛场的老板沾沾自喜的卖弄育肥之道：
去势后的牛犊有两三个月时间需要恢复
恢复后的牛犊坐膘如坐火车……

直到走出养牛场很远，我才恍然大悟
——去势，即阉割

老板是地地道道的农民
一手捧着草料的怜悯，一手握着刀子的血腥
借春风之势把日子过得风生水起

我有牛的善良和佛的慈悲
每日吃草、反刍、拉犁，遗忘鞭痕
偶尔，在心里或无人处发出一声低哞
却屡遭阉割
势，一日日抽离肉身

2019 年 2 月 29 日

烽火台

乳房一样浑圆的山丘，烽火台像乳头耸立
道德的云朵一再抬高

天空有鸟道
而脚步陷入葳蕤

长茅草和风毛菊热烈的爱恋
有时，误导了我对虚假的真实解读

站在制高点上
自然而然想到母亲或情人的裸露与荒凉
除却号角、杀戮、掠夺
一个男人，胸腔中需要淤积多少吨风沙
才不至于望眼欲穿
不至于迎风流泪
只有落日，扯起晚霞的大旗

黄土素有疤痕体质

凸起的部分
至今是一处处硬伤

枯草念旧，呵护着新绿

2019 年 3 月 14 日

恐高症

那枚果子一定患有恐高症。不然
它不会过早猥琐
——惊恐使它失血

多少患有恐高症的人，拒绝远眺
远方以远，把执念放下

风不大。风轻轻一吹
那枚果子就奋不顾身的离开枝头

2019 年 4 月 1 日

夜　归

夜微凉，春风微醉
花香送来眩晕……我想起了你

树影婆娑
道路歪斜……那么漫长

抬眼望星空
无数只眼睛闪烁其词

天空那么高远
月亮卡在了两幢楼之间

2019 年 4 月 11 日

医院随想

如此高消费的地方
永远都是人如潮水

2019 年 4 月 23 日

我有更多的孽债未还

楼道空寂。几盏灯莲花盛开

从卫生间飘出了的异味，需要沉潜

需要更下流

但此刻，它在空气中飞翔

一个彻夜难眠的人，就是一个黑白颠倒的人

窗外下着冷雨，漆黑的世界风生水起

我知道花朵在瑟瑟发抖，叶子也在瑟瑟发抖

它们刚刚逃离漫长的冬季，恢复了点元气

想给这荒凉的人世一点颜色看看

旋即困顿于病痛、凋零与生死

时令在一边放纵，一边杀戮

花朵和叶子是无辜的

——春天的夜晚险象环生

孤独一人在走廊尽头，内心漆黑如墨

看见雪白的墙壁上"吸烟有害健康"的谶语

有做贼心虚的嫌疑

紧了紧披在肩上的外套，习惯性的
我为自己点亮了一颗星星
给浑浊的空气再增添一份浑浊

我不是为了自讨苦吃才爱上烟卷的
我还有更多的孽债未还，包括这如影随形的
生命的凉意和命运的真相
隔壁的病房有人正在为这一缕逍遥付出了代价
现在，只有后悔是一剂良药

凄风苦雨的夜晚
一个人沿着内心的黑暗逆流而上
借一支烟卷驱散周身寒冷
借烟头大小的星辰烛照往后余生

2019 年 5 月 6 日

洗脸记

他目光呆滞，眼眶深陷，一脸疲惫尽显暮秋之色
其实，他只是一个纵欲过度的人
一个出轨者
旁观者
帮凶
大脑皮层小小的马达业已生锈……

我这样描述
不仅仅指向一个风花雪月的翩翩少年
还有你，油腻的中年大叔
被直播牵着鼻子行走的姹紫嫣红的广场舞大妈
自恃清高的伪君子
布道者
诗人
一个庞大的食肉者群体
昨夜，再次沦陷于声色犬马的泥淖

——多少个不眠之夜

他背叛了自己的山河，不再与书本举案齐眉

甚至背叛心爱的人，让月亮空怀一帘幽梦

他移情别恋，与快手，抖音，视频相濡以沫

靠一碗滚烫的心灵鸡汤超度原罪

夜夜笙歌

迷途不返

逍遥于芳草萋萋的花前月下

一切因果都写在脸上

为了销毁证据，通体透明的人

在镜前，反复搓洗着昨夜留下的一脸薄霜

2019 年 5 月 18 日

打陀螺的人

每天早晨上班途经博物馆广场
都会看见那个挥舞着闪电的人

他在打陀螺

那样卖力、执拗、咬牙切齿
陀螺在他的暴力驯服下乖巧的舞蹈
他还在不停地抽——抽——
好像……跟一块木头有仇
跟一片森林有仇

当他再次抡起风暴
好像……跟早晨的空气有仇

人们远远地躲开他。腾出一大片空地
他已经气喘吁吁了
还在抽——
好像……与自己有仇

2019 年 5 月 19 日

我知道我会孤独终老

该来的都会来：头晕、眼花、失眠、骨质疏松……
所以，我为自己提前准备了桃木拐杖
用来匡扶日渐衰败的肉身的背叛
我这样苍老。臃肿。颓废。昏昏欲睡
几乎跨不过自己的一条皱纹
昔日那些微不足道的不适，此时
都开花结果，嚣张在一副老年之躯的枝枝杈杈上
把我重新变回一个蹒跚学步的孩子
做梦就一身冷汗的孩子

我知道我会孤独终老
一根桃木拐杖：辟邪、驱鬼、正身、壮胆
拄着它，替代一个独生子女的陪伴
替代一条不会打弯的腿
一点仅存在世的骨气
每敲击一次，都替代了我的歉意——
我曾在这片土地上挖掘、践踏、攫取
现在，我深深地向她躬下腰去……

2019 年 6 月 27 日

蛇蜕皮

然而，它不再柔软、圆滑、冷血。像一条仿真围巾
搭在一丛茅蓬草陡峭的肩头
嘴巴大开，怒目圆睁
装出一副死不瞑目的吓人样子

旧皮囊有霸气的名字：龙衣
据说还有特别的疗效：祛风湿、去目翳
我老眼昏花，一度认为它为活物
胸腔中埋有火焰，闪电随时从张开的嘴巴中喷出
应对一切叵测

它不过是一张皮
一个空壳
一剂良药
当我碰触到它的瞬间，仍禁不住
心跳加速，指尖发麻

我把它带回家与一些证书、手稿放在一起

它就是藏品，是艺术

我不会与蛇谋皮

偶尔心血来潮，拿出来揣摩

我曾想象一条血肉模糊的软体动物从自己嘴里逃生的场面

也曾感受到蜕一层皮的痛楚与磨难

这样想着，就有了负罪感

直到一件完整的艺术品被我反复磋磨得支离破碎

像人身上掉下来的碎皮屑

直到一天梦里一只蜷曲的蛇向我讨要它的锦衣

2019 年 5 月 28 日

暮　晚

夕光荼蘼的哇呀哈公园和夜幕笼罩的哇呀哈公园是
同一片天地
薰衣草和马鞭草浅紫的乐章没有多大的色差

隔着几重树影和几滴鸟鸣
明暗交织的花海荡着的一颗春心和一颗疲惫之心都
是艳红的

2019 年 7 月 22 日

忍 冬

野鸭子

天气渐渐变暖
天气渐渐变暖的时候，沈家河水库泛起微澜
水边的青草，淤泥里的脚印

那么多的野鸭子从同一面镜子里出来
春风梳理着它们的羽毛
也有白色的苍鹭混迹其中
像鹤立鸡群

那么多的野鸭子凫在水面
黑的、灰的、黑灰相间的——
那么多！
但我一只也不觉得多余

2016 年 3 月 2 日

芍药花开

如果阳光再多一点，让远处和近处的尘埃落定
十万亩花海，就是一张盛大的婚床
"白牡丹白（者）耀眼呢
红牡丹红（者）破呢"
两朵花并蒂开放，我叫它结婚照
两只蜜蜂静伏在花蕊中，是一对幸福的小冤家
而我只能站在路边，从正午到黄昏
让瘦去的时光在暮色中重返丰盈
面对美色，我总是不能熄灭内心的火焰
不能做到抽刀断水
一次次将她们的年轻于美貌带回
爱恋地珍藏在白纸黑字的宫殿里
慢慢地欣赏、品砸、把玩
我要她们凋谢的慢一些，再慢一些
夜深人静的时候，我轻轻地唤着她们的名字：牡丹
我不愿叫她们芍药
小时候，我们就叫她牡丹
多么好！

2016 年 5 月 22 日

怀念麦子

背影越来越远越来越模糊了
本该在田间地头嬉闹、放牛、拾麦穗的少年
未及长大，就不再跟着农谚的节奏行走
那些在汗水中发芽、分蘖、拔节、抽穗、灌浆的麦子
悄然匿迹于农历的背面

在六月，我回到顿家川
我没有看到黄金的麦浪在风中热舞
知了篡改了阳光的五线谱上五谷丰登的喜悦
而大地丰腴，鸠占鹊巢的苗木汹涌着绿色波涛
生锈的镰刀连同犁铧一起隐退江湖
记忆中尖锐的麦芒已托不住一缕怀旧的秋光

七月的麦场上
我多想听听碌碡碾过大地的雷霆
连枷和籽粒窃窃私语的争吵
当然，我还想看看麦场上空高高扬起的星斗和堆积如山的
云朵

麻袋挤挤搡搡比赛高矮胖瘦

一只麦鸟的后裔孤独地立在树枝上
麦鸟不知道如何才能唱出期望中的追溯
它和我对望了一眼，飞走了
麦鸟不知道要飞向何方
留下几只彩蝶在草尖上自由盛开

除此之外，偌大的麦场
空空如也

2016 年 7 月 12 日

牡丹辞

那些红肥绿瘦

那些浓妆艳抹

那些雍容华贵

二乔、莲鹤、麟凤、雪夫人、粉香奴璎珞宝珠、飞燕红
妆、绿幕隐玉、虞姬艳妆

暖阳慷慨诰封，春风殷勤传谕

四月热情，人间美好

一朵一朵凤冠霞帔，用惊艳赞美大地

爱花之人潮水汹涌，逼退蜜蜂的歌唱和蝴蝶的舞蹈

但哪一朵都不是专门为谁祝福

我混迹于市井陌上，面目慈祥而心怀火焰

从洛阳到长安，一路欲语还休

默默地把溃败的过往和潦草的日子当春药一饮而尽

然后，再退回到原初的委顿，用余生怅望来世

那么多尤物

那么多倩姿芳容

都体面地活在人世间

魏紫、赵粉、姚黄、胡红、迟蓝、豆绿、夜光白、黑光司

九州腹地，乐土无疆

我都不知道自己到底要喜欢那一朵

2017 年 4 月 28 日

被文身的白杨

我相信每棵白杨都有深刻的疼痛和记忆

把迫不得已的伤痕当文身

曾经都那么水嫩、清纯

一把水果刀分享过甜蜜之后，又在爱与暴力的懵懂中游走

疼在树皮上，也疼在人心上

我相信孩子们现在已经长大

或各奔东西，或形同陌路，或两肋插刀，或鱼死网破

只是人会逃离，树不会

那些留在树上的青春胎记，连同记忆一道斑驳、模糊

却丝毫不影响一棵棵白杨树，经年之后依然笔直的等待

时光的苦情剧在风中日复一日，年复一年

清晨，我在古雁岭散步

路边两排白杨风华正茂

我逐一辨认着赫然裸露而又发育畸形的字迹

"马清芳　我爱你"

"李敏　叶子龙爱你"

"强强携娜娜到此一游"

——这陡峭的爱

正是秋风时节，白杨叶子金黄

一些开始枯萎，随风落下，像飘向天涯的情书

当我离去，再回过头来

两排白杨，像送行人，也像招魂幡

2017 年 10 月 1 日

再写长城梁

我不写烽燧，不写垛堞，不写狼烟，不写马蹄，不写血
光，不写坟冢
亦不写残垣断壁
荞麦花粉过了
胡麻花蓝过了
苜蓿花紫过了
长城梁上，两个隐姓埋名的人
说好了明年再见——
而此刻，我指给你看更北的北方——
北方，是荒凉的岁月和霜降
有人回家，有人还在路上
在我们身旁，野菊正值豆蔻，蒿草籽粒饱满
几颗被遗忘在季节末梢的红枸杞
像心、像血滴子
像谁的不舍和念想
在渐凉的风中，在尘世……

2017 年 10 月 6 日

原谅这个季节

霜挂眉梢——

铜币一样纷纷坠落的叶子

一棵棵树赤身裸体

亮出嶙峋的骨骼

——原谅这个季节!

原谅留守在枝头的梨子

它有着黄金的外表和蜜汁的内心

一棵树上有若干枚果实

像一群孤儿,向过路的麻雀打探消息

铜币在空中飞舞

——原谅风

流离失所的叶子

原谅村庄荒凉

少年远走他乡

一枚梨子的坚守让岁月内心酸楚

原谅坠落在地上的腐烂

哦,我只是一个过客

原谅我不辞而别

原谅翘首以盼，也原谅这些不谙世的事孩子！

2017 年 11 月 2 日于西吉硝河王家湾

所　见

譬如刨子、凿子、锯子、斧子、牛毛梳子、老鼠夹子

譬如驴笼头、马嚼子、牛铃、狗链子

譬如耙子、洋镐、木杈、锨把

这些拙于抒情的物什

满脸都是岁月的锈迹

我差点把它们的名字还给了启蒙的乡村

当我们在偏城的集市上猝然相遇

我还想见到它交心换命的搭档

譬如擁脖、犁套、替毡、鞍鞯

我找遍了集市的各个角落

打听了庄前庄后的稼穑

初冬的风都有摇摆不定的迟疑

慰藉是必然的

但失落也在所难免

是的，我歌颂过麦子，也歌颂过韭菜

那是我学会用笔在纸上耕耘之后，从此

一缕伪抒情的次烟，在村庄的上空晃悠了几十年

偶尔在农耕博物馆或乡村旅游景点见到这些带着泥土

气息的工具

我总会放慢脚步

这时的它们已经不是生产资料了

而是收藏品或艺术品

是过往岁月里的一丝执念

当我在偏城的集市上真实的相遇

我在摊位前留连忘返

我怕一转身，这一生

就再也见不到它们了

2017 年 11 月 14 日于西吉偏城

乡村集市

我有着古人的期许——

当我在这个名叫什字的北方小镇驻足

我看见一捆葱和一筐辣椒执手言欢

萝卜和土豆一团和气

镰刀与麻绳也可以举案齐眉

还有苹果、柿子、橘子、核桃、馒头、锅盔、酿皮……

抢占嗅觉高地的一定是羊杂碎和牛肉泡

那个卖扫帚和连枷的男人

安静的敦在道牙石上，不吆喝也不急躁

仿佛只是为了陪伴旁边摊位上卖绣花鞋垫的女人

消磨一段缓慢的时光

东街头的牛羊市场

声音和气味一样霸气十足

两只布满老茧的手，在草帽或衣襟的掩护下

时而激越，时而舒缓——

一场秘而不宣的交易更接近内心的丰盈与真实

当嘈杂、拥挤、混沌、喧嚣渐次平息

几只流浪狗撑起南墙根下一段寂寞时光

只有一堆黑和一堆白还在等价而沽

黑是黑炭的黑

白是白菜的白

这样心平气和的坚守

多像我三十年前走失的两个打铁的兄弟

黑白分明的隐居于山村闹市的一隅

2017 年 11 月 3 日

硝河古城墙上

可见残垣，亦见烽燧

高天厚土，鸦雀无痕

是冬日

硝河两岸铅华褪尽

邮差以云为马，已不知去向

留下一堆瓦砾，一句谶语

一蓬蓑草，一片江山

风不翻晒过往，也不预知未来

孤独的人怀抱孤独取暖

我在内心发起一场战争

并虚构了一场大雪来完成最后的祭奠

北面的山坡上

一大片坟冢，没有自己的姓名

这些忠诚、服从、无奈，甚至未及发出的家书

仅仅先于我到达

陌生的访者

破坏了它们的宁静和尊严

天空多么干净！

一阵风正赶往羊隆城的路上
孤独的人
看到了自己留在城墙上的影子
与上古年间没有什么两样

2017 年 12 月 4 日

忍 冬

忍住疼
忍住清醒……

冬天比四季漫长
一天比一年漫长

忍住光芒
忍住那份深寒中的优雅

万物都有一颗慈悲之心
草木亦然

忍住坚守
忍住示弱

滴水成冰的日子
忍住一抹血色

2018 年 1 月 23 日

我认识的草木不多

我认识的草木不多，统共三四十种

能叫出名字的也不多，一个个土得掉渣

狗尾巴草、驴蹄草、狼毒花、灯盏花、牛蒡叶子

臭荏、蕨茅、枯子蔓、打碗碗花……

这些散落在房前屋后及幽静山野的草芥与隐士

或结伴而生，或孤独终老

它们都有自己的活法，有自愈的药性和疗效

譬如：苦苣菜降压，刺椿头暖胃

地椒茶消暑，银柴胡抵御风寒

车前籽落地发芽

黄连把一肚子苦水独自咽下

忍冬在风雪中一忍再忍，憋出一脸青春痘

我听见有人在唱——

"白牡丹开花（者）红牡丹长

马莲花长在（那）路旁"

深情。悠远。流水潺潺

我认识它们的时候，就这个样子

要么身穿绫罗，头戴凤冠，千姿百态
要么素面青衫，低首百媚，风情万种
至今仍一尘不染
还在老地方，谦卑、干净、自尊而又坦然

或许，它们问过蒲公英外面的天有多高，地有多大
问过甘草，地下十米深处流水是否日夜奔腾
守着属于自己的一捧水土，岁岁枯荣
风来了，身子互为墙
雨来了，叶子互为伞
天干物燥，拼命攥住一根无可救药的稻草

真羡慕啊！做一棵无人照料的草是幸福的
鸟鸣洗耳，露珠洗心
有毒的苋麻也好，握刀的刺荠也罢
让原野说出花红柳绿
说出嶙峋的性格

我一个个指认着它们
麦子、胡麻、洋芋、豌豆、糜子、荞麦、谷子
跟锄头和镰刀称兄道弟
断须草是庄稼的祸害
黑燕麦鱼目混珠
我就是柔韧的朳木锄柄和光滑的枸木镰把
一盘石磨，古老的牙齿

细细地咀嚼管子的《谷物法》

园子里的韭菜割过一茬，又绿一茬

辣椒、茄子、萝卜、芹菜、芫荽、甘蓝

还有那些歪瓜裂枣

清亮的日子都带着露珠

一把蒲扇，一顶草帽

在苹果树与花椒树的阴凉下度过酸甜苦辣的春秋

当然，我还认识那些桦树、白杨、皂角、榆木疙瘩

有时候我认作父亲，有时候认作兄长

2018 年 7 月 4 日

我尝试着描述顿家川的深秋

从一抹黄开始——

白杨的叶子在又一夜秋雨中获得灵感

神来之笔是短暂的。风萧瑟

黄着黄着就暗了下来，仿佛一个人的暮年，雀斑的脸。

柳叶和榆叶不语

憋足了劲儿在完成最后的青春回眸

不知道秋雨还要下几场，秋风吹到何时

河水激情饱满，水面上漂浮的枯叶，梦见

大海中远行的船，载回一轮故乡的明月

白露过后，枫树举起火炬，杏树举起火炬

桦树举起火炬，栎树举起火炬

这决绝的合唱比晚霞的告别更悲壮

葱郁的松针，不甘收敛直刺天空的迟疑

它知道总有一天会被迫卸下满身疲惫被新绿取代

野山楂红了，沙棘果红了，石枣子红了

都在不同程度的滴血

山雀子知道它们内心溃败的酸楚

而山神是一位丹青高手，只想做到层林尽染

天气真的一天比一天凉了——

青草的呼吸日渐消瘦

风吹衰草，也吹薄衫

我坐在村后的堡子山上

眼前是高耸入云的六盘山主峰——米冈山

风撩开云雾的面纱，叶子们赤橙黄绿青蓝紫的心情都写在脸上

此时，夕阳明亮

我忽然想起一个人，一群模糊的背影，一副牧归图

然而，从西山口涌出的不是晚归的牛羊

绝尘而去的车流，使一只鸟受到惊吓

翅膀下的风暴让几片叶子无所适从

时光交替中，大雁总是应声而至

一挥手工夫，炊烟变成了往事

生活的琐碎被家用电器一再简化

烟囱生锈。很久没有升起人间烟火的请柬

没有听到母亲焦急的呼唤

秋风继续删繁就简，落叶填满时光皱褶

我与一片叶子谈及故人

背井离乡的姐妹回来了，村口的涝坝照见她的倦容

老榆树张开双臂迎接陌生的村庄

野菊花举着酒和蜜

一朵云饱含深情的泪水

群山盛装，这是它应该有的样子

粉墨登场的样子

华丽谢幕的样子

失去稼穑的村庄依然是村庄

失去贞操的姐妹依然是姐妹

雨水不厌其烦地缝补着天地之间的裂缝

深夜仍弹奏着隔世的乐音

衰草披头散发，河水光着身子奔跑

一个老人黑灯瞎火在炕头斜坐了很久

临窗的墙壁是他贴心的依靠

而昨天我看见的那只蚂蚱

一夜之间销声匿迹

父母坟头的草比一月前又长高了几寸

芦苇头发花白，牛蒡叶一脸哀伤

时光不饶人啊！

时光也不饶这些草木！

北地风高土寒，万物在轮回中变老

有些许潦草，些许无奈

生活已足够艰辛，而我在醉饮秋色

这人世间的悲苦啊，怎能嫁祸于一场早到的薄霜？

2018 年 10 月 1 日

万物在磨合中自成风景

——访同心深沟村

深秋，我的村庄倦了

大地铺开素绢为疲惫的母亲素描

秋风尽责，一件件脱去她叶子与花朵的外衣

勾勒出丘陵、褶皱、沟壑、荒原、秘纹以及妊娠

土黄的底色有抹不开的困厄

钻天杨如椽的巨笔还未及留住路过村口的白云

霸地草就枯了

同时干枯的还有刺刺缨、蓬蓬蒿、狗尾把草

枣树因为华容尽失而青筋绽露

把几颗残红挂在枝头

像谁的心，多有不舍

灰喜鹊飞过沟畔

盘旋了几圈，又飞回来了

两只将要为盛情举义的绵羊

眼睛里没有恐惧，但看清了生活的真相

嚼着干草的骡子和反刍的黄牛

都有一股子道骨仙风的味道

白天，我们在太阳下拖着影子涂鸦
夜晚，影子拖着豪迈举杯邀月
天地有大美啊，我们有枯笔
你看——
星星要多明有多明
月亮要多亮有多亮
母亲要多美有多美

我们不说荒凉，不说破碎
万物在磨合中已自成风景

2018 年 10 月 22 日

与东家马维成说

挖红葱的人，就是前些年挖洋芋的人
坎玉米秆的人，就是前些年砍葵花头的人
他们或她们，都是同一群人
现在老了，动作迟缓，力不从心

同样是这快旱地
出产了不一样的东西
同样是这个村子
养大了一代不会种地的人

2018 年 10 月 24 日

喜 欢

喜欢是没有由来的——

山坡上头戴紫冠的马莲，穿黄色碎花衣裙的柴胡
粉面盈盈的芍药，打着遮阳伞的野荷
园子里的牡丹、月季、桂花、罂粟
喜欢那朵就多看一眼

书架上的荷马、策兰、荷尔德林、博尔赫斯、鲁迅、金庸
案头薄薄的诗集和杂志都带着朋友的体温
喜欢那本就多翻几页

尤其喜欢此时窗外纷纷扬扬的大雪
也许，我喜欢的那个人
此刻也在另一扇窗户后面站成一帧静美的风景

2019 年 2 月 2 日

暮　色

冷空气远比夕阳落山要快半个时辰
额头上的阴影先黄昏早到
两个年过半百的男人，相互交换着烟卷
一支接一支地抽

通往村外的路至今没有改道
也没有分岔
一条路托起两颗露珠
一条路落下两粒尘埃

言不在多，在贵
卑微的草芥也能吐出饱满的籽粒
你说这一生走南闯北
把苦当干粮，把亏当凉白开

是不是喝着同一条河里的水长大的鱼
都喜欢吃这两样水草

明暗不定的灯火有假冒伪劣的嫌疑
我说，那就继续吃吧
这料峭的一生
我差点被这两样东西吃着撑死

2019 年 3 月 14 日

仿佛一匹马在寻找遗物

除了蛛网、灰吊，盲目的风和斑驳的光影
马厩空无一物

春天了
万物得到神的启示
大地成为情与爱交媾的道场
暖风已为欲望之花编排好了出场次序
只等桃红李白们粉墨登场
如果有配乐：流水、鸟鸣、牛铃、羊咩、马蹄哒哒
再好不过了

然而马厩空无一物

应该是犁铧领唱春水，车辙滚动惊雷
田埂上不知名的小黄花孤独求败
应该是等了很久的一封家书抵达门口
远山卸下冰雪铠甲
邮差转身，窗前喜鹊探梅

南方花事已息

北地农忙犹酣

然而马厩空无一物

有时候我会原地不动站立很久

想起一溜烟挂在墙壁上的套绳、搦脖、嚼子、鞍鞯、马镫……

仿佛一匹马在寻找遗物

有时候我还会想到长矛、大刀、戟、戈、宝剑……

我在等待春风打一个响鼻

把满山遍野的草料唤醒

想起那些离我而去的人和事

喜鹊另攀高枝

燕子筑巢谁家

想起昨夜一场擦肩而过的雨水被沙尘暴取代

桃花便纷纷坠落

我喂养过的马驹不知所终

我的田地和疆场已经荒芜

犁铧委顿，刀枪迟疑

青鸟不再殷勤探看

只有空旷的心室蹄声嗒嗒，时光绝尘而去……

2019 年 4 月 9 日

只有阳光和空气如常

一两声轻微的鸟鸣略显单薄
金钱豹的影子则更加孤单
野花开了，一片连着一片
青草茂盛得无可比拟

连绵不断的群山，被季节之手操控着
让花凋谢，花就凋谢
让草枯萎，草就枯萎
让树落叶，树就落叶
让冰雪消融，冰雪就悄悄地消融

风气势汹汹的顺着一面山坡俯冲下来，迎面一座悬崖
掉下去，摔成孤魂野鬼
躲进树空里，也销声匿迹了

只有阳光和空气如常
不分四季，在林草间来回走动

2019 年 5 月 19 日

一树梨花

看见古树就想起故人
树影婆娑，一袭长衫

花朵以白铺陈
云在天上，云在地面

我不光追赶白云
也爱一棵老树皮糙枝虬的黄昏

秋天一过
我把自己删减得形销骨立

2019 年 5 月 20 日

尘　世

我坚信雨滴是清澈的，一如
婴儿的眼眸

雨滴因俯瞰尘世而浑浊

因为长大成人
我们都进化出了一层斑斓的眼瘴

2019 年 7 月 8 日

寄　语

夏日已逝——

你必须像一棵果树，承受秋天的重量
与凋敝

2019 年 8 月 13 日

第五辑

节 气

重阳记

天气阴冷，不宜登高

那就站在窗前向某处扯心的方向远望吧

没有什么是天长地久的——

譬如这高高在上的太阳，昨天还光芒四射

今天就被低云遮挡

窗前的杏树，已铅华落尽

园子里的三叶草，亦满脸风霜

你看见那只蚂蚱了吗？它背着疲惫蹦跶

之后，不知所终

楼群夹缝中穿梭的人们，匆匆

他们消失的速度比风还快，比变脸还快

比脚下的落叶聚散离合得还快

你知道，一片叶子的新欢

肯定是另一片叶子的旧爱

我所看到的也是心所看到的

高楼林立，挡不住心的飞翔

双亲均不在堂前，忽然觉得自己站在十字路口。茫然地

站在了中年的悬崖边上。迎着风

女儿从镇江打来电话

督促我一定要吃早餐

她只知道今天是周末

女儿尚未长大成人

一个孤单的人

提前撞见了等在前面不远处的节日

2017 年 10 月 28 日　　重阳

谷雨贴

没有比谷雨更好的名字了
默念一声都唇齿生香

也没有比节气更准的脚步了
昨夜下过雨
或许是桃花泪、杏花泪、梨花泪、丁香花泪
清晨微风轻拂
湿滑的小径落满五颜六色的残梦
被熙熙攘攘的脚印凌乱着、篡改着
确乎一个春天的终结
确乎整个春天的圆满

谷雨过后，埋在心底的种子会集体发声
大豆、胡麻、洋芋、糜子各怀心事
奔波在通往下一个节气的路上
小草和野花就让它们尽情地疯狂吧
鸟雀就让它们自由的叫吧
该凋谢的凋谢

该赞美的赞美

该腐烂的腐烂

与你同时出现在明媚的春光里

相视一笑

我不多情，你不惊慌

擦肩而过的瞬间

路边杨柳依依

万物都有着无以言说的羞涩之美

2018 年 4 月 20 日　谷雨

小满：凌晨三点钟的火车

火车自南向北呼啸而来
又自北向南呼啸而去
在凌晨两点钟，带来一场小雨和一场小离别

雨刚刚开始
一些尘埃随着雨点落定，一些树叶在盲目鼓掌
没有虫鸣
没有蛙声
黑暗在偶尔路过的灯光中不明真相的开合
时间一如迁徙之水
不等天亮，河床定会情感饱满

隔着一扇窗或一段蹉跎
一些人已习惯了注视另一些人的背影

我在火车站广场停留了三支烟的工夫
女儿在候车室守着笨重的行李箱
始终没有回头看一眼窗外深邃的夜空

黑夜狠深，且有些凉

雨点像传说一样稠密

微弱的车灯离黎明还有很长一段泥泞

想起去年飞走的燕子

今年还没有回来

小满了，屋檐下一坨干泥，泊着泛黄的记忆

2018 年 5 月 21 日　小满

丁酉中秋记

普救寺香火旺盛，真爱呢？
鹳雀楼修葺一新，鹳雀呢？
大槐树盘根错节，你是哪一个支系？
云层低垂，雨水洗白了今世和往生
我混迹于运城通往长安的灯光和尾气中
为今夜的圆月能否撕裂云层和雾霾担忧
想起去年端午
一个人在凤凰古城，在驿站，默默垂泪
不知道问候要发给谁，祝福要讲给谁
两年，两个节日，两次团聚
都让妈带走了

2018 年中秋夜

冬至记

我知道人心浮躁，但世事安宁

我知道天子祭天、百姓祭祖、阖家团聚、亲朋互馈

都是上往年间的故事

我在阳台看书

"冬至大如年"的剧情在脑海纷呈演绎

帝王们都忙着扩充地盘的面皮

鱼肉百姓的饺馅

老伴挥动菜刀与韭菜鸡蛋厮杀正酣

锅碗瓢盆交响曲为她助威

突然间一声断喝：

"王怀凌，把地拖了！"

把我拉回到柴米油盐的日常

窗外飘雪

天降祥瑞

你有饺子

我有扁食

万物都有其挺拔的身躯

我不需要良田万顷，广厦千间
只需太平盛世这小计量的幸福

2018 年 12 月 22 日

小寒贴

我并未觉得冷

尽管草木停止了生长，溪水迟疑了脚步

因为是周末，阳光偏爱着我书桌大小的江山

一杯茶的氤氲与一支烟的袅娜息息相通

书本中进进出出的人物和他们跌宕起伏的命运悬而未决

现在，他们只能走进小寒和这一小片江山

在书页中穿行就像在白天黑夜中穿行

他们还有人在原地指手画脚

有人落户异乡侍花弄草

有人在夜间坐观天象

有人在清晨劈柴煮豆

有人趁热打铁

有人趁火打劫

也有人已相思成疾

自以为是的乌鸦，始终没有停止对这个世界的聒噪

或许日暮时分会冷些的，后半夜会更冷

粗粝的风能否叫停决绝的流水

流水能否以凝固的方式回首来路

河里的鱼和天上的星斗知道

那时，我一定在梦中

在梦中，我会不会感觉冷

如果冷得不够

我愿意接受尾随而至的大寒的鞭策

2019 年 1 月 5 日

惊 蛰

背阴的山坡上残雪斑驳。像一块旧纱布
裹着隔年的伤痕。洇湿的部分
伤口在发炎。寒冷以寸为计量
隐忍着，遗忘着

在正月，我借助过年的手势
急切地擂响了喑哑已久的牛皮鼓
我还动用了巫术，纪念一个虚构的英雄
以此唤醒沉默的群山和装睡的草木

何以消受这旷世的寒冷与孤独
我有话要说——

我已在梦中把所有的贪念都给了你
现在，只需一个眼神
一个眼神，就能使青草暴动
桃花放尽世俗的血

2019 年 3 月 6 日

春分辞

草醒了——
根伸了伸腿，给泥土松了松筋骨

一场小雨下过
干枯的树枝上挂着感激的泪水

小鸟不懂低调，站在枝头大声喧哗
流水矜持，身段妖娆

榆叶梅又开了
十里八乡，春风奔走相告

那么多怀春的花骨朵
懵懵懂懂跟着一阵暖风私奔

而我一直在担心
那场蓄谋已久的沙尘暴
会不会在不经意间
尾随而至

2019 年 3 月 21 日春分

清明贴

桃花发话了
杏花跟着起哄

青草志存高远
把木讷的老榆树逼到墙角

岁月惶惑
故事倒叙

梨花欲言又止
我有节制的泪水和悲伤

2019 年 4 月 4 日